Título original: «Nicomedes o pelado

Colección **libros para soñar**®

© del texto y de las ilustraciones: Pinto & Chinto, 2013
© de esta edición: Kalandraka Ediciones Andalucía, 2013
Avión Cuatro Vientos, 7. 41013 Sevilla
Telefax: 954 095 558
andalucia@kalandraka.com
www.kalandraka.com

Impreso en Gráficas Anduriña, Poio
Primera edición: mayo, 2013
ISBN: 978-84-92608-69-0
DL: SE 642-2013

MIXTO
Papel procedente de
fuentes responsables
FSC® C104983

Pinto & Chinto

Nicomedes
EL PELÓN

kalandraka

Nicomedes

tenía una hermosa cabellera.

Pero poco a poco
fue perdiendo pelo
hasta que se quedó
completamente calvo.

Entonces se puso una peluca.

Y sucedió que se le subió

un peluquero a la cabeza.

Así que se puso

un trozo de césped.

Y se le subió

un futbolista a la cabeza.

Entonces se puso serpentinas.

Y se le subió una pareja

a la que le gustaban las fiestas.

Entonces se puso

una madeja de lana.

Y se le subió una viejecita

a la que le gustaba hacer calceta.

Se puso espaguetis.

Y se le subió un señor

que se puso a comer.

Entonces Nicomedes decidió

no ponerse nada en la cabeza,

porque siempre

se le subía alguien encima.

Pero un piloto

confundió su cabeza

con una pista de aterrizaje.

Entonces tuvo una idea.

Y se le subió

un cobrador de la luz.

La idea de Nicomedes

fue ponerse encima de la cabeza

una raspa de sardina.

Y vosotros diréis:

¡Una raspa de sardina

no le disimulaba la calva!

Pero veréis lo que pasó:

Pasó que a Nicomedes
se le subió encima su gato,
y así parecía que tenía otra vez
una hermosa cabellera.

A Nicomedes le quedaba muy bien
el gato en la cabeza.

No se le notaba nada
que era calvo.

Y a veces la cola del gato
colgaba por detrás,
y Nicomedes se veía muy moderno,
como si se hubiera hecho una coleta.

Y así se fue tan contento.